Soul of Venedig

30 EINZIGARTIGE ERLEBNISSE

VON SERVANE GIOL UND THOMAS JONGLEZ
FOTOS VON FRANCESCA LANARO
MIT ILLUSTRATIONEN VON CLARA MARI

JONGLEZ VERLAG

Reiseführer

1411

„KEIN ORT AUF DIESER WELT HAT WIE VENEDIG DIESE KONSPIRATION DES ENTHUSIASMUS BEWIRKT.“

GUY DE MAUPASSANT
(*LA VIE ERRANTE*, 1890)

Venedig ... Venedig, die Erhabene, Venedig, die Wasserschönheit, Venedig, die Romantische, Venedig, der Touristenmagnet ... Alles wurde über Venedig bereits gesagt. Im Guten wie im Schlechten. Jede ihrer Facetten ist wahr. Venedig ist absolut einzigartig.

Einzigartig durch die Lagune, einzigartig durch ihre Menschen, einzigartig durch ihre Architektur und ihre Kunsthandwerker, die jahrhundertealte Techniken nutzen, um Meisterwerke aus Glas, Seide oder Samt zu erschaffen.

Und vor allem eines ist Venedig, trotz der Abkehr mancher Einheimischer: lebendig. Das Leben pulsiert bei den Studenten in Dorsoduro, bei den Händlern in Rialto, in den Kunstgalerien von San Marco und unter all den Künstlern, Schriftstellern und Musikern, die hier leben.

Und schließlich hat Venedig vor allem eines: seine Lagune. Eine Lagune, in der die Zeit stillzustehen scheint. In der die Fischer noch heute wie einem Gemälde aus dem Jahr 1600 entsprungen wirken, auf der man gerne in einer Holzbarke vor sich hin rudert. Ihre ruhigen und grünen Inseln sind die Lunge, die der Stadt fehlt. Burano, Torcello ... unzählige magische Orte laden zum Müßiggang ein und dazu, auf den Spuren von Hemingway zu wandeln.

Ich werde oft gefragt, welche Jahreszeit die beste für einen Besuch ist. Ich würde sagen, alle! Sei es das spiegelnde Licht des Sommers oder der Nebel im November. Jeder Monat hat seine Besonderheit. Auch kulinarisch.

Und die beste Uhrzeit? Vermutlich der Aperitif. Das ist die Zeit, zu der sich die Venezianer in den *bacari* treffen und im Stehen bei einem Glas Spritz oder Wein über das Tagesgeschehen diskutieren.

Dieser kleine Reiseführer hilft Ihnen dabei, die Seele von Venedig abseits ausgetretener Touristenpfade zu verstehen.

30 einzigartige Erlebnisse.

Servane Giol

Servane Giol

Servane ist mit einem Venezianer verheiratet und lebt seit über zwanzig Jahren in Venedig. Hier hat die vierfache Mutter eine Theaterschule für Kinder eröffnet und das Ensemble Falier gegründet, das Stücke für karitative Zwecke aufführt. In der Vergangenheit war Servane zudem für Zeitschriften wie *Harper's Bazaar* und die deutsche *Vogue* tätig.

Thomas Jonglez

Fünf Jahre lang hat Thomas für sein Buch *Verborgenes Venedig* recherchiert, das ihm im Jahr seines Erscheinens einen Preis für den besten Reiseführer einbrachte. Thomas hat sieben Jahre in Venedig gelebt und besitzt noch heute ein kleines Fischerhäuschen in der nördlichen Lagune. Ein guter Grund, regelmäßig in die schönste Stadt der Welt zurückzukehren.

WAS SIE IN DIESEM REISEFÜHRER **NICHT FINDEN**

- Die Legenden der Seufzerbrücke
- Wie Sie eine Gondelfahrt machen
- Die Öffnungszeiten des Dogenpalasts

WAS SIE IN DIESEM REISEFÜHRER **FINDEN**

- Eine Buchhandlung, der das Wasser bis zum Hals steht
- Sehr spezielle Krabben
- Das beste Restaurant von Venedig
- Wo Sie auf dem Wasser gehen können
- Die Geheimnisse des *baccalà*
- Außergewöhnliche Eissorten
- Mittelalterliche Handwerker

DIE SYMBOLE VON
„SOUL OF VENEDIG“

Unter
10 €

10
bis 50 €

Über
50 €

Anfahrt per Boot
empfohlen

Unbedingt
reservieren

100 %
Venedig

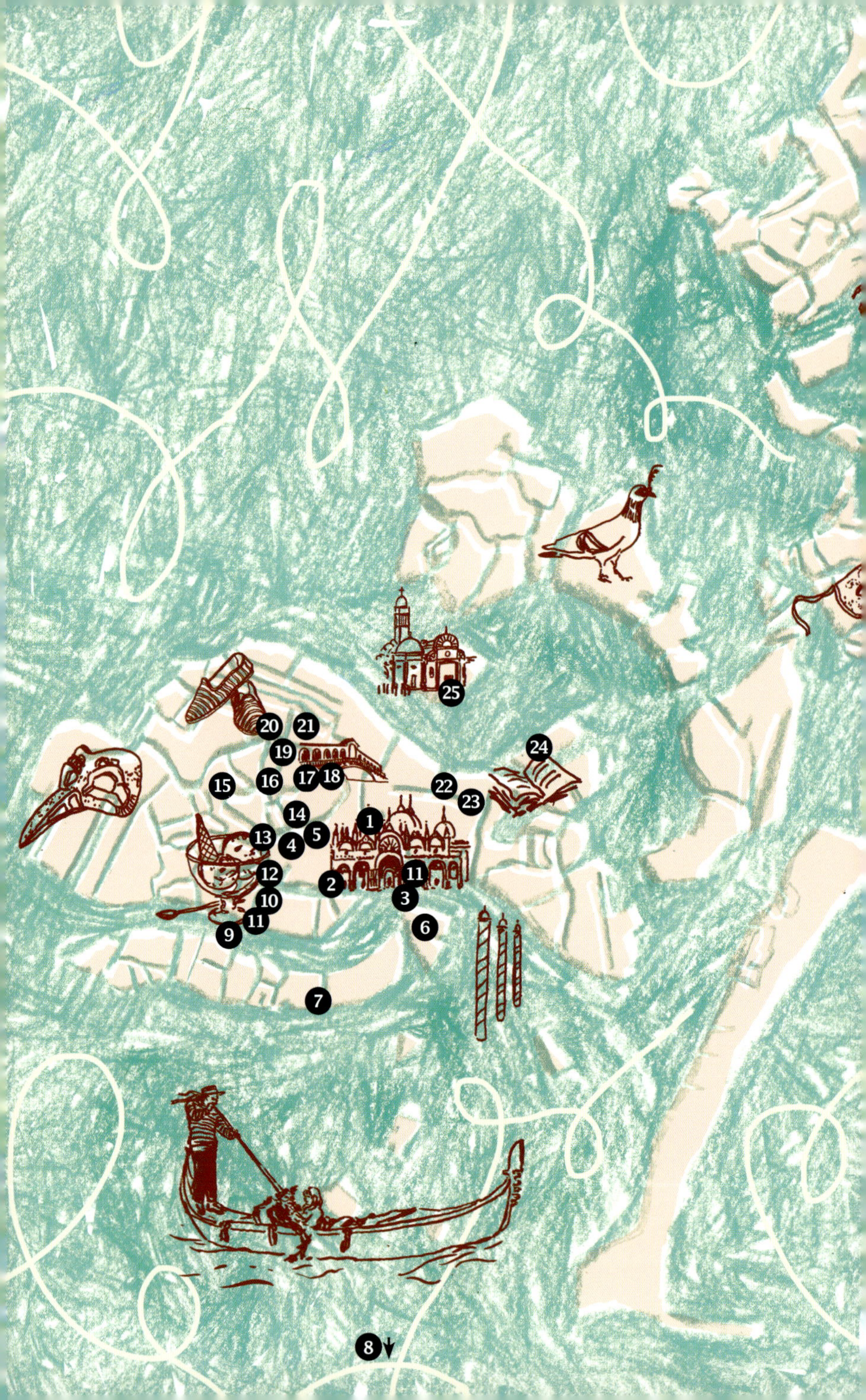
25
20
21
19
24
15
16
17
18
22
23
14
1
13
5
4
12
11
2
3
10
11
9
6
7
8

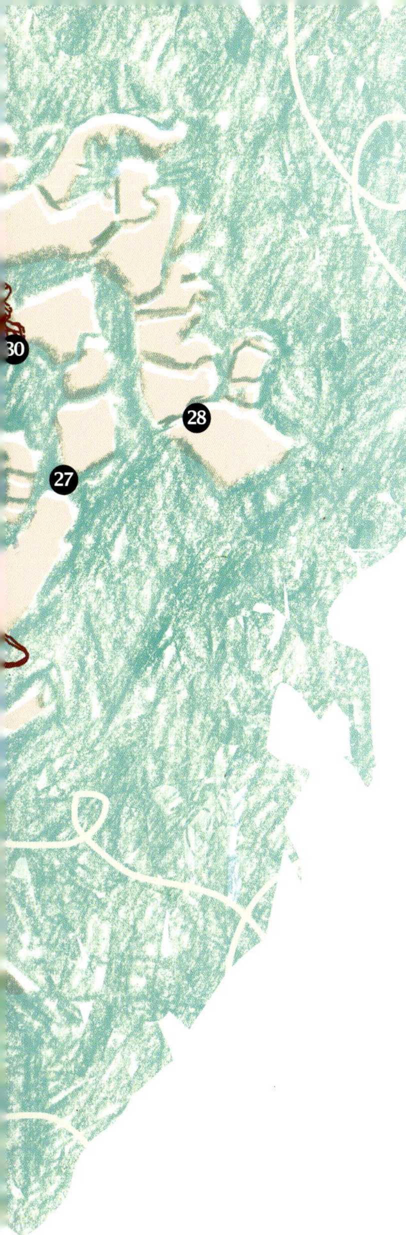

30 ERLEBNISSE

01. Ein Besuch des Markusdoms ohne Touristen
02. Unterwegs auf der Seidenstraße
03. Die Magie des Redentore
04. Refugium eines Genies
05. Ein kostenloser Konzertbesuch
06. Der schönste Panoramablick über Venedig
07. Keramikkunst vor den Toren einer Bootswerft
08. Auszeit im Gourmet-Paradies
09. Nächtigen wie auf einem Luxusdampfer
10. *Cicheti* – die venezianische Art, Tapas zu essen
11. Eis mit Ausblick
12. Logieren im schönsten Palazzo von Venedig
13. Die schönsten Gläser von Venedig
14. Eine Übernachtung im einzigen Zimmer der Welt mit einem Fresko von Tiepolo
15. Backwaren, die einen um den Verstand bringen
16. Das beste Sandwich von Venedig
17. Eine Trattoria, in der man die Zeit vergisst
18. Die Kunst der venezianischen Samtpantoffeln
19. Einkaufen auf dem schönsten Markt der Welt
20. Das Kuriositätenkabinett der großen venezianischen Entdecker
21. Der Tempel des *baccalà*
22. Eine Buchhandlung mit schwimmenden Regalen
23. Die Geschichte der Sammlung Grimani
24. Ein Spaziergang über das Wasser
25. Tanzschuhe auf dem Grab des großen Djagilew
26. Ein Aperitif auf dem Lande
27. Ein spiritueller Retreat voller Magie auf einer Insel in der Lagune
28. Chillen auf einer Insel in der nördlichen Lagune
29. Mittagessen im Paradiesgarten
30. Die besten Weichpanzerkrabben der Stadt

#01

EIN BESUCH DES MARKUSDOMS **OHNE TOURISTEN**

Sie wollen den Markusdom besichtigen, aber ohne Menschenmassen? Wir haben da folgenden geheimen Trick für Sie: Besuchen Sie ihn einfach, nachdem er abends geschlossen wurde.

Das geht folgendermaßen: rund 30 Minuten nach Schließung der wahrscheinlich schönsten Kirche der Welt öffnet der Dom seine Pforten erneut, dieses Mal jedoch für Gläubige, die an der Vesper teilnehmen wollen. Begeben Sie sich auf die linke Seite des Bauwerks, zur Porta dei Fiori, packen Sie die Kamera in die Tasche und sagen oder signalisieren Sie, dass Sie beten möchten. Der Wachmann am Eingang, dessen Aufgabe darin besteht, verirrte Touristen abzuweisen, wird Sie daraufhin einlassen.

Einmal im Dom verhalten Sie sich unauffällig und denken Sie daran, dass Sie nicht zur Besichtigung da sind. Setzen Sie sich ruhig in eine Bank und genießen Sie im Klang der wunderbaren Gesänge die Pracht und die Magie des Augenblicks, wenn die Stimmen des Chors sich in die goldenen Kuppeln des Doms erheben.

BASILICA DI SAN MARCO
PIAZZA SAN MARCO 328
30100 VENEZIA

Vesper an Sonn- und Feiertagen um 17:30 Uhr (im Winter 17 Uhr), d. h. rund 30 Minuten nach Schließung der Basilika

#02

UNTERWEGS AUF DER **SEIDENSTRASSE**

Im Jahr 1500 waren in Venedig mehr als 6000 Webstühle in Betrieb.

Einige Familien führen diese Tradition noch heute fort, zum Beispiel die Familie Bevilacqua, die das Weberhandwerk in der sechsten Generation ausübt.

In der Weberei Bevilacqua können Besucher nicht nur technisches Können von herausragender Qualität bewundern, sondern zudem einen fantastischen, noch funktionierenden Holzwebstuhl aus dem 18. Jahrhundert. Die hinter dem Showroom gelegene Werkstatt kann nach vorheriger Anmeldung besichtigt werden. Hier umfängt einen eine aus der Zeit gefallene Atmosphäre, in der sieben Weber in alter Tradition Samt, Seide und Goldfäden zu feinen Stoffen mit Motiven aus dem Archiv und über 3500 Designs verarbeiten.

LUIGI BEVILACQUA
CAMPIELLO DE LA COMARE 1320
30135 VENEZIA

MO–FR: 9:30–13:30 Uhr
14:30–17 Uhr
SA: nach Vereinbarung
SO: geschlossen

Besichtigung nur
mit Reservierung
+39 041 721 566
luigi-bevilacqua.com

60 Euro für Gruppen bis vier Personen
Bei größeren Gruppen 15 Euro/Person

- CATHERINE BUYSE DIAN -

KOSTÜMBILDNERIN

Catherine, du hast an Dutzenden Kostümfilmen in Venedig mitgewirkt. Welche Epoche ist für dich die schönste, und wo findet man in Venedig heute schöne Kostüme?

Die schönste Epoche ist für mich das 18. Jahrhundert. Mit seinen Kostümen, seinen Masken, Casanova ... es steht wie keine andere Zeit für das, was Venedig ausmacht.

Schöne, gut erhaltene historische Kleidungsstücke sind im Museum des Palazzo Mocenigo zu sehen. Wer ein Kostüm ausleihen möchte, sollte Stefano Nicolao in seinem Atelier einen Besuch abstatten: Er führt Aufträge für das Teatro La Fenice und verschiedene andere Bühnen aus.

Ich arbeite bei meinen Filmen, ebenfalls mit ihm zusammen. In seinem Atelier gibt es eine schier endlose Auswahl aus allen Epochen.

Welche venezianischen Stoffe verwendest du am liebsten für deine Kostüme?

Das historische Trio Bevilacqua (unbedingt den Webstuhl ansehen!), Rubelli und Fortuny.

Deine Lieblingsadresse für Masken?

Ganz klar die Masken von Kartaruga. Das kleine Geschäft fertigt auch oft Masken für Filme.

Es bietet ganzjährig Workshops für Maskendesign an, in denen man in kleinen Gruppen seine eigene Maske entwerfen kann.

Deine liebste Jahreszeit in Venedig?

Der September mit dem Filmfestival am Lido. Die Geschichte des Festivals reicht bis 1932 zurück. Während des Festivals herrscht in der Stadt eine ganz besondere Stimmung. Es ist schön und warm und an den Stränden des Lido kann man zwischen den Vorführungen baden gehen.

Du kochst gerne selbst. Aber welche Restaurants zählen zu deinen Stammadressen in Venedig?

Antiche Carampane und al Covo, unter anderem aufgrund der traditionellen venezianischen Rezepte, die hier im zeitgemäßen Stil serviert werden.

Eine magische Zutat in Venedig?

Die kleinen violetten Artischocken aus Sant'Erasmo. Sie tragen den Namen *castraure* und werden im April und Mai gegessen. Sie sind eine Delikatesse, denn jede Pflanze bringt nur eine *castraura* im Jahr hervor. In der Saison findet man sie auf dem Rialto-Markt.

Deine Lieblingshotels?

Das Oltre il Giardino in San Polo ist ein sehr nettes, familiengeführtes Hotel mit hübschem Garten, was in Venedig im bezahlbaren Rahmen eher selten ist.
Ansonsten empfehle ich meinen Freunden gerne den Palazzo Abadessa. Dort nächtigt man in einem historischen Stadtpalais im Ambiente des 18. Jahrhunderts.

Ein mythischer Drehort in Venedig?

Die Kirche von San Nicolò dei Mendicoli in Santa Marta. Hier drehte Nicolas Roeg seinen Film „Wenn die Gondeln Trauer tragen" („Don't Look Now"). Der reich dekorierte Innenraum mit seinen vergoldeten Holzstatuen ist fantastisch.

Wie hältst du der Touristeninvasion stand?

Man muss Venedig den Rücken kehren, um gestärkt wieder zurückzukommen. Ich entspanne am liebsten auf der Isola di Mazzorbo. Sie liegt in der Nähe von Burano und ist vom Stadtzentrum aus mit dem Boot in dreißig Minuten zu erreichen. Oder ich fahre in die zwei Stunden entfernten Dolomiten, deren verschneite Gipfel man im Winter von der Lagune aus sehen kann. Unbeschreiblich!

#03

DIE MAGIE **DES REDENTORE**

Jedes Jahr seit 1577 findet in Venedig am dritten Samstag im Juli die Festa del Redentore statt. Anlässlich dieser Feier, die an das Ende der Pestepidemie 1577 erinnert, wird stets ein spektakuläres Feuerwerk entzündet, dessen Lichter sich märchenhaft im Wasser des Markusbecken widerspiegeln. Es gibt vielerlei Möglichkeiten, dieses außergewöhnliche Ereignis auf besondere Weise zu erleben.

> Auf dem Wasser:

Einfach unbeschreiblich. Wenn Sie keine venezianischen Freunde haben, können Sie bei Brussa ein Boot mieten: von der kleinen Holz-*Topetta* (6 Personen) bis hin zum herrschaftlichen *Bragozzo* mit Fahrer (10 Personen). Ab sechs Uhr abends versammeln sich die Boote – nach einem Picknick inmitten Hunderter anderer Boote – im Markusbecken. Die Atmosphäre ist einzigartig. Erst nach dem Feuerwerk kann man sich auf den Heimweg machen. Doch das stört hier niemanden ...

BRUSSA IS BOAT
FONDAMENTA CANNAREGIO 331
30121 VENEZIA

+39 041 715 787
brussaisboat.it

MERCURY

> Zu Fuß/in den Straßen:

Sie können an der Uferpromenade Zattere und am Ufer der Insel Giudecca flanieren. Oder Sie gehen über eine eigens errichtete Schiffsbrücke von der Zattere über den Canale della Giudecca bis in die Kirche Il Redentore auf der Insel Guidecca. Dort segnet der Patriarch von Venedig am Sonntag die Stadt.

> Auf einer der Dachterrassen der Stadt:

Wer es luxuriös und extravagant mag, kann die Redentore Suite im Hotel Gritti mit seiner 250 m² großen Dachterrasse mieten

und den spektakulären Blick auf das Markusbecken und die Kirche Santa Maria della Salute genießen. Etwas weniger betuchte Besucher mieten die Suite und teilen sich die Kosten einfach mit ihren Freunden: die Terrasse bietet Platz für rund 100 Personen. Vor oder nach dem Feuerwerk wird auf Wunsch ein privates Dinner serviert. Die andere Option ist die Dachterrasse Altana in der siebten Etage des Hotel Bauer, die ebenfalls eine wunderbare Aussicht bietet. Am Abend des Feuerwerks können Plätze für das vom Hotel ausgerichtete Abendessen reserviert werden.

- PAOLO LORENZONI -

SEIT 2013 GENERAL MANAGER DES THE GRITTI PALACE

Werfen wir einen kurzen Blick in die Geschichte des Gritti ...

Das Gritti ist ein relativ junges Gewächs in der venezianischen Hotellandschaft.

Der Name des 1948 als Ableger des Grand Hôtel de Venise (Palazzo Balbi – heute Sitz der Regionalregierung) gegründeten Hotels geht auf den Dogen Andrea Gritti zurück, der den Palazzo 1525 als Wohnhaus errichten ließ. Im Grand Hôtel gingen berühmte Persönlichkeiten wie Ernest Hemingway oder William Somerset Maugham ein und aus, von dem der Ausspruch überliefert ist: „Für die Gritti sind Sie kein Kunde, sondern ein Freund." Diese Philosophie verfolgen wir noch heute.

Deine Meinung über Venedig?

Venedig ist weltweit einzigartig, aber weniger wegen seiner Gebäude oder seiner besonderen Lage am Wasser, sondern aufgrund der Menschen aus aller Welt, die sich hier begegnen: Schriftsteller, Intellektuelle, Künstler (wie kürzlich Damien Hirst) zeigen, wie eng die Stadt Kunst und Kultur verbunden ist.

Ein Ort in Venedig, den man unbedingt gesehen haben sollte?

Das Arsenal. Um einen Eindruck von der Grandezza der Serenissima Repubblica zu erhalten.

Deine Lieblingsjahreszeit?
Von November bis Februar, weil man da durch die Stadt gehen und sie ohne eine Menschenseele genießen kann. Und ich liebe die Tage, an denen man morgens vor lauter Nebel nichts sehen kann. Nach und nach lichtet sich der Nebel dann und gibt den Blick auf die Bauwerke und Palazzi frei.

Und diese Dachterrasse?
Als ich hier anfing, entdeckte ich diese verlassene 250-m^2-Terrasse im 4. Stock und kam auf die Idee, sie für private Cocktail-Empfänge oder Abendveranstaltungen für bis zu 100 Personen zu nutzen. Von dort oben genießt man eine einzigartige Aussicht über die Stadt und sieht sogar die verschneiten Gipfel der Dolomiten.

Tradition oder Moderne?
Als wir 2011 mit den Renovierungsarbeiten begannen, haben wir 200 Stammgäste befragt, was sie sich wünschen würden. Ihre Antwort: Verändern Sie nichts!
Wir haben natürlich Technik und Komfort unserer Zeit angepasst. Die Seele und der Geist des Hotels sind jedoch unverändert geblieben.

.THE GRITTI PALACE
CAMPO SANTA MARIA DEL GIGLIO
30124 VENEZIA
+39 041 794 611

#04

REFUGIUM **EINES GENIES**

Mariano Fortuny (1871–1949) hatte viele Talente: Er war Maler, Radierer, Bildhauer, Fotograf, Erfinder, Designer, Couturier und Bühnenbildner.

Sein prachtvoller Palazzo samt Atelier ging nach seinem Tode in das Eigentum der Stadt Venedig über, der es gelungen ist, seinen besonderen Charme zu bewahren. Heute ist dies einer der schönsten Orte der Stadt, dessen Besuch man sich auf keinen Fall entgehen lassen sollte.

Denn es ist alles noch vorhanden: seine kostbare Bibliothek, seine Gemäldesammlung, seine wunderbaren Stoffe, welche die Wände vollständig bedecken, seine Theaterkulissen in Miniaturform, seine Lampen, einige Modelle seiner Kleider ...

PALAZZO FORTUNY
CALLE PESARO 3958
30124 VENEZIA

MI–MO: 10–18 Uhr Nur im Rahmen von Sonderausstellungen geöffnet DI: geschlossen	+39 041 522 1977	fortuny.visitmuve.it

#05

EIN KOSTENLOSER
KONZERTBESUCH

Seit 1912 befindet sich im großartigen Palazzo Pisani, dem zweitgrößten Palazzo Venedigs nach dem Dogenpalast, das Musikkonservatorium Benedetto Marcello.

Auf 8.000 m² verbergen sich hier ein kleines Musikinstrumentemuseum, aber auch ein fantastischer Konzertsaal, in dem von Studierenden auf sehr hohem Niveau kostenlose Konzerte für die Öffentlichkeit gegeben werden.

CONSERVATORIO BENEDETTO MARCELLO
SAN MARCO 2810
30124 VENEZIA

+39 041 522 5604

conservatoriovenezia.net

#06

DER SCHÖNSTE PANORAMABLICK ÜBER VENEDIG

Wenn Sie den besten Ausblick über die Stadt genießen möchten, vergessen Sie den allzu bekannten, von Touristen völlig überlaufenen Campanile di San Marco (Markusturm) ganz schnell. Besuchen Sie stattdessen lieber den Campanile di San Giorgio Maggiore auf der gleichnamigen Insel.

Aus einer Höhe von 75 Metern erwartet Sie hier eine außergewöhnliche Aussicht: im Norden der Dogenpalast, der Markusdom und das Museum Dogana da Mar (Punta della Dogana), dahinter, in der Ferne, die grandiose Landschaft der südlichen Lagune. Weiterer Vorteil: Sie sind hier oben praktisch alleine.

Besonders schön ist die Stimmung kurz vor Sonnenuntergang, nach einem Spaziergang entlang der Uferpromenade von Giudecca.

Hinweis: Der Campanile verfügt über eine Treppe und einen Aufzug.

CAMPANILE DI SAN GIORGIO MAGGIORE
ISOLA SAN GIORGIO MAGGIORE
30124 VENEZIA

Mai bis September: MO-SA: 9:30-12:30 Uhr / 14:30-18:30 Uhr
Oktober bis April: MO-SA: 9:30-12:30 Uhr / 14:30-17 Uhr

#07

KERAMIKKUNST **VOR DEN TOREN EINER BOOTSWERFT**

Die gebürtige Venezianerin Adele Stefanelli hat die Keramikkunst in der Toskana, in China und in Südkorea erlernt und perfektioniert. Ihr Keramikstudio auf der Insel Giudecca liegt nahe der Gondel- und Holzbootswerft Crea und bietet dadurch eine einzigartige Atmosphäre.

Die wundervollen Kreationen in den Farben der Lagune sind ein schönes Souvenir, das sich von den allgegenwärtigen Masken oder dem – meist in China gefertigten – sogenannten Murano-Glas abhebt.

Auf Anfrage bietet die Künstlerin in ihrem Atelier auch Workshops an.

STUDIO DI CERAMICA ADELE STEFANELLI
GIUDECCA 213
CANTIERI CREA - SPAZIO ARTIGIANI

Anmeldung erforderlich
+39 347 221 1661
adelestefanelli@gmail.com

adelestefanelli.com

#08

AUSZEIT IM **GOURMET-PARADIES**

Rund eine Dreiviertelstunde von Venedig entfernt, liegt, praktisch am Ende der südlichen Lagune, das Restaurant Da Celeste. Bereits die Fahrt mit dem Boot erscheint unwirklich und magisch. Vorbei an teilweise aufgegebenen Werften und auf Pfählen errichteten Fischerhütten, die wie aus dem Nichts aufgetaucht zu sein scheinen, gelangt man zu einer Terrasse, die mit ihrer Aussicht über die gesamte südliche Lagune ihresgleichen sucht.

Das Restaurant selbst setzt die beste Tradition der venezianischen Küche fort: kleine Garnelen mit Polenta, Große Seespinne (Granseola), Jakobsmuscheln, herrlich frischer Fisch ...

Nehmen Sie von Venedig aus einfach irgendein Vaporetto (Wasserbus) in Richtung Lido (Wassertaxis sind sehr teuer, da sie vor Ort warten müssen) und steigen Sie an der Haltestelle Santa Maria Elisabetta aus. Von dort geht es weiter mit der Buslinie 11 bis Pellestrina. Das Da Celeste befindet sich nur wenige Schritte vom letzten Halt in Pellestrina entfernt.

DA CELESTE
VIA VIANELLI 625/B
30126 PELLESTRINA

Geöffnet von März bis Oktober:
MO-DI und DO-SO: 12-14:30 Uhr, 19-21:15 Uhr

+39 041 967 355

daceleste.it

RISTORANTE TEL. 041.967355

© GABY WAGNER

© GABY WAGNER

ADRIATICA
SOCIETÀ P. AZIONI
DI NAVIGAZIONE

09

NÄCHTIGEN WIE AUF **EINEM LUXUSDAMPFER**

An der schönen Uferpromenade Fondamenta delle Zattere befindet sich seit 2018 in einem edlen Stadtpalais – dem früheren Sitz der Reederei Adriatica, deren Name noch heute in großen goldenen Lettern die Fassade ziert – das Hotel Il Palazzo Experimental.

Im Inneren greifen die 32 von Dorothée Meilichzon gestalteten Zimmer sowie das Restaurant im Erdgeschoss den maritimen Esprit der Stadt auf.

Sitzbänke in Form von Kahnbetten, gestreifte Designs, die mit einem Augenzwinkern auf die Gondolieri verweisen … Die Bezüge zum Meer und zur Lagune sind allgegenwärtig, ohne dabei jedoch ins Klischeehafte abzugleiten.

Abgerundet wird das besondere Ambiente durch die großen, lichtdurchfluteten Fenster, die einen herrlichen Blick auf den Canale della Giudecca bieten.

HOTEL IL PALAZZO EXPERIMENTAL
1412 FONDAMENTA ZATTERE AL PONTE LUNGO
30123 VENEZIA

+39 041 098 0200 | palazzoexperimental.com

102

Uova e asparagi
€1.50
Formaggio
brie e ortica

CICHETI – DIE VENEZIANISCHE ART, **TAPAS ZU ESSEN**

Al Bottegon, unter Einheimischen besser bekannt als „Schiavi", ist in Venedig eine feste kulinarische Größe. Alessandra und ihre Söhne kultivieren hier seit 1944 die Kunst des *Cicheto*, dem venezianischen Äquivalent zu spanischen Tapas. Auf einer kleinen Scheibe Brot gehen dabei Köstlichkeiten wie Thunfisch und Lauch, Kürbis und Ricotta oder Zucchiniblüten eine harmonische Verbindung ein.

Gegessen wird zum Aperitif im Stehen am bunten Tresen, inmitten venezianischer Stammgäste, in fröhlicher und charmanter Atmosphäre. In der schönen Jahreszeit, also oft, hält man sich auch gerne im Freien auf, entlang des Kanals, mit Blick auf eine der letzten Reparaturwerkstätten für Gondeln.

Achtung: Das Lokal schließt pünktlich um 20:30 Uhr!

CANTINE DEL VINO GIÀ SCHIAVI
FONDAMENTA NANI
DORSODURO 992. PONTE SAN TROVASO
30123 VENEZIA

MO–SA: 8:30–20:30 Uhr SO: geschlossen	+39 041 523 0034	cantinaschiavi.com

Offerta Acqua Alta

VENEDIG, GEBURTSORT **VON *BELLINI* UND *SPRITZ***

Der Legende nach zogen die Weinhändler auf dem Markusplatz mit ihren Ständen dem Schatten des Campanile di San Marco (Markusturm) nach, damit ihr Wein frisch blieb ... So wurde der Begriff *ombra* – Schatten – im venezianischen Sprachgebrauch über die Jahre zu einem Synonym für ein Glas Wein. Doch seine Bedeutung reicht viel weiter: Auf eine *ombra* in eine der unzähligen *bacari* der Stadt eingeladen zu werden, ist eine Freundschaftserklärung, ein beliebtes tägliches Ritual.

Venedig ist auch berühmt für zwei weltbekannte Aperitifs, die hier das Licht der Welt erblickten: *Bellini* und *Spritz*.

Der Bellini ist ein Cocktail mit Prosecco oder Champagner und weißem Pfirsichmark.

Erfunden wurde er 1948 von Giuseppe Cipriani in Harry's Bar. Seinen Namen verdankt er dem venezianischen Maler Giovanni Bellini. An diesem mythenumwobenen, seit seiner Gründung praktisch unveränderten Ort wenigstens einmal einen Bellini zu genießen, ist ein Muss. Natürlich gehen wir nicht nach oben und bleiben lieber – im Stehen – an der Bar.

Der Spritz wird aus Prosecco, Mineralwasser und Campari oder Aperol gemischt. Die Farbe variiert je nach Menge und Art der gewählten Zutaten zwischen Rot und Orange. Entstanden ist der Spritz in der ersten Hälfte des 19. Jahrhunderts, als die Städte Venetiens von österreichischen Soldaten besetzt waren, die den lokalen Wein gerne mit Wasser verlängerten. Aus dem „gespritzten" Wein entstand schließlich der „Spritz".

#11

EIS MIT **AUSBLICK**

Man könnte meinen, dass die Gelateria Todaro angesichts ihrer Lage zwischen Markusplatz und Lagune eine Touristenfalle ist.

Doch das Gegenteil ist der Fall: die 1948 gegründete Institution mit herrlicher Terrasse mit Blick auf das Markusbecken ist eine der besten Adressen Venedigs, wenn man Sehnsucht nach einem Eis verspürt. Die beste Sorte? Wir finden Pistazie, wegen der echten Pistazienstückchen. Die Pistazien stammen aus Bronte an den Hängen des Vesuvs auf Sizilien und gelten unter Kennern als die besten Pistazien der Welt.

Vergessen Sie nicht, in der Bar die von Barovier 1979 gestaltete Decke aus Murano-Glas zu bewundern.

Spaziergänge an den Kais der Zattere zählen im Stadtteil Dorsoduro zu den beliebtesten Freizeitbeschäftigungen der Venezianer. Hier erzeugt seit 1920 die Gelateria Nico nach alter Tradition ihr berühmtes Gianduiotto, ein Eis mit Gianduja (Schokolade und Haselnüsse) und Sahne. Ein Muss für alle, die bei einem Päuschen den Blick auf die Insel Giudecca genießen wollen.

GELATERIA AL TODARO
SAN MARCO 3
30124 VENEZIA

MO-SO: 8:30-18 Uhr
+39 041 528 5165
al-todaro.it

GELATERIA NICO
FONDAMENTA ZATTERE
AL PONTE LONGO 922
30123 VENEZIA

FR-MI: 6:30-21 Uhr
DO: geschlossen
+39 041 522 5293
gelaterianico.com

Nico
ZATTERE 922
Tel. 041 5225293

#12

LOGIEREN IM **SCHÖNSTEN PALAZZO VON VENEDIG**

Der prachtvolle Palazzo Contarini Polignac ist seit dem 19. Jahrhundert im Besitz der Familie Singer-Polignac und zählt mit seiner Renaissancefassade, die sich im Canal Grande widerspiegelt, zu den schönsten Stadtpalais Venedigs.

Was kaum bekannt ist: Die Familie vermietet eine der beiden Beletages mit fünf Zimmern an Gäste, die dort in das prunkvolle Leben einer Familie von Mäzenen, Malern und Musikern eintauchen können.

Es ist ein wahres Privileg, einige Tage an diesem Ort zu verbringen und ein paar Takte auf dem Klavier zu spielen, das einst Winaretta Singer (1865–1943), Prinzessin von Polignac und Musikmäzenin, gehörte. Des Nachts betten Sie sich in eines der Himmelbetten aus dem Palazzo Labbia und der Sammlung von Carlos de Beisteigui.

PALAZZO POLIGNAC
DORSODURO 874
30123 VENEZIA

palazzocontarinipolignac.com

#13

DIE SCHÖNSTEN GLÄSER **VON VENEDIG**

Es ist nicht ganz einfach, sich in den unzähligen Geschäften zurechtzufinden, die in Venedig Glas von mehr oder weniger zweifelhafter Qualität anbieten. Damit Sie nicht versehentlich ein Fabrikat aus China erwischen, haben wir hier drei Adressen für Sie:

> L'Angolo del Passato („Die Ecke der Vergangenheit") ist eine der besten Adressen in Venedig, um hochwertiges Glas zu kaufen. Giordana Naccari wurde in Murano geboren und bietet hier neben ihren eigenen Kreationen auch alte Gläser (darunter Einzelstücke großer Namen wie Venini, Cenedese und Saviati) sowie zeitgenössische Kollektionen von Marcantonio Brandolino (Laguna B) und Giberto Arrivabene (Giberto Venezia) zum Verkauf an.

L'ANGOLO DEL PASSATO
CAMPIELLO DEI SQUELINI 3276/A
30123 VENEZIA

MO: 15:30–19:30 Uhr DI–SA: 9:30–12:30 Uhr / 15:30–19 Uhr SO: geschlossen	+39 041 528 7896

> Elena und Margherita Micheluzzi, die beiden Töchter von Massimo Micheluzzi, einem der aktuell bedeutendsten Glaskünstler, haben jüngst eine hübsche kleine Serie namens „mini Micheluzzi" kreiert und vor allem eine Reihe „weicher" Gläser, die sich alle voneinander unterscheiden und in den Händen zu zerfließen scheinen.

MASSIMO MICHELUZZI
PONTE DELLE MERAVEGIE 1071
30123 VENEZIA

MO–SA: 10–19 Uhr SO: geschlossen	+39 041 528 2190	micheluzziglass.com

> Der geborene Venezianer Alessandro Zoppi hat das 20. Jahrhundert damit verbracht, Murano-Gläser zu sammeln: die meisten Gläser der Sammlung, die Objekte aus den Jahren von 1700 bis in die 1940er Jahre umfasst, stammen aus der Hand der berühmtesten venezianischen Meister wie Zecchin, Martinuzzi oder Scarpa.

In der Galerie warten über 300 Jahre Glasgeschichte auf Sie. Einige der Objekte sind unabhängig von ihrem Entstehungsjahr nach Farben geordnet.

Wenn Sie Glück haben und dem Eigentümer sympathisch sind, kommen Sie vielleicht in den Genuss einer Einladung in seinen direkt am Canal Grande gelegenen Palazzo, der mit Deckenfresken von Tiepolo aufwarten kann. Alessandra, seine Frau, fasst wie folgt zusammen: „Zu Hause gibt es tutto, soll heißen, die gesamte Sammlung. Und die ist so groß, dass wir beide nicht genau sagen können, wie viele Objekte sie eigentlich umfasst."

GALLERIA ALESSANDRO ZOPPI
2671 CAMPO SAN MAURIZIO
30124 VENEZIA

MO–SA: 10:30–12:30 Uhr / 15:30–19 Uhr | +39 041 528 7579 | zoppiantiques.it

BILDNACHWEIS: MICHAEL JAMES O'BRIEN

- GIBERTO ARRIVABENE -

GRÜNDER VON GIBERTO VENEZIA
GEBÜRTIGER VENEZIANER

Wann und wie kamst du zum Glasdesign?

Meine Familie lebt seit dem 14. Jahrhundert in Venedig und wir besitzen sehr schöne alte Glasservices. Immer, wenn eines davon kaputt ging, fuhr ich nach Murano, um es nachzubestellen. Nach und nach begann ich, meine eigenen Designs anzufertigen. Erst nur für mich, dann als Geschenke für Hochzeiten oder Geburtstage. So entstand eine Kollektion, die heute von Vasen über Rahmen bis hin zu Skulpturen reicht.

Wie ist es um die Glasmacher in Venedig aktuell bestellt?

Die Zeiten sind nicht einfach. Die *fornace* sind in einer schwierigen Lage. Die Produktionskosten steigen, und es gibt immer weniger Glasermeister. Ganz zu schweigen von den Kopien, gegen die man sich nur sehr schwer wehren kann, weil es in Murano leider keinerlei Patent gibt. Außerdem ist es nicht leicht, echtes von falschem Glas zu unterscheiden.

Ein Ort in Venedig, den man unbedingt gesehen haben sollte?

Die Frarikirche ist meine Lieblingskirche. Aber auch die Kirche Santi Giovanni e Paolo mit dem Grab von Marcantonio Bragadin ist sehr schön.

Deine Lieblingsrestaurants?

Die Harry's Bar, die Madonna und die Bar im Aman Venice.

A propos Aman, das Hotel befindet sich in deinem Familiensitz?

Ja, seit 2014. Meine Familie lebte schon immer in diesem Palazzo: Das Zimmer meiner Mutter ist heute die berühmte Tiepolo-Suite. Meine Frau (Vizepräsidenten von Christie's Italy) und ich wohnen mit unseren fünf Kindern noch heute dort, im obersten Stockwerk. Es ist ein außerordentlicher Luxus, ein Hotel wie das Aman direkt unten im Haus zu haben.

„Wenn man hier aufwächst, wird es von Jahr zu Jahr schwerer, der Stadt den Rücken zu kehren"

Wollen deine Kinder in Venedig bleiben?

Ja. Die beiden Ältesten haben ihre eigene Marke für *friulane* (venezianische Schuhe) gegründet – VIBI Venezia. Ich glaube, wenn man hier aufwächst, wird es von Jahr zu Jahr schwerer, der Stadt den Rücken zu kehren. Die Lebensqualität ist so einzigartig, der Rhythmus so besonders, dass es schwer scheint, sich an eine andere Stadt zu gewöhnen.

Venedig ist eine erschwingliche, internationale Stadt, in der man neben all der Schönheit auch himmlisch gut isst. Ich habe hier meine Freunde.

#14

EINE ÜBERNACHTUNG IM EINZIGEN ZIMMER DER WELT **MIT EINEM FRESKO VON TIEPOLO**

Nahe der Rialto-Brücke am Canal Grande befindet sich in dem im 16. Jahrhundert erbauten Palazzo Papadopoli der Familie Arrivabene seit 2014 das Luxushotel Aman Venice.

Unter den 24 Zimmern des Hotels ist die Alcova Tiepolo Suite mit ihren 103 m² vielleicht das einzige Hotelzimmer weltweit, in dem man unter einem großartigen Fresko aus der Hand des berühmten venezianischen Malers Giovanni Battista Tiepolo nächtigen kann.

Im 18. Jahrhundert hatte der Maler auch in diesem Palazzo gelebt. Seine Wandfresken sind ein schönes Beispiel für die Malerei des Rokoko.

L'ALCOVA TIEPOLO SUITE - HOTEL AMAN VENICE
PALAZZO PAPADOPOLI
CALLE TIEPOLO 1364
30125 VENEZIA

+39 041 270 7333 | aman.com

Frittelle

TONOLO
CALLE S. PANTALON, 3764
30123 VENEZIA

DI–SA: 7:45–20 Uhr SO: 7:45–13 Uhr MO: geschlossen	+39 041 523 7209	pasticceria-tonolo-venezia.business.site

#15

BACKWAREN, DIE EINEN UM DEN VERSTAND BRINGEN

Venedig ist eine der wenigen Städte, in denen das Angebot der Konditoreien noch dem Rhythmus der religiösen Kalender und der Jahreszeiten folgt. *Frittelle* (*fritole* auf Venezianisch) gibt es so nur einige Wochen im Februar, in der Karnevalszeit. Dieses köstliche Gebäck mit Rosinen (und meist auch Pinienkernen) entstand um 1700 und ist heute in Natur (unser Favorit) oder mit Sahne, Orangenschale, Zabaione und anderen Geschmacksrichtungen erhältlich. Die Qualität hängt wie immer davon ab, wo man sie kauft. Rosa Salva, Tonolo und Dal Nono Colussi sind drei sichere Werte. Aber Vorsicht: Die seltene Verfügbarkeit der Frittelle (nur rund einen Monat im Jahr) und ihr außerordentlich köstlicher Geschmack können zu schwerer Abhängigkeit führen!

Am ersten November betreten dann die *Fave dei Morti* (Bohnen der Toten) die Bühne, kleine knusprige Makronen mit Mandelgeschmack und in drei Farben (Rosa, Braun und Natur), die aufgrund ihrer Form an das gleichnamige Gemüse erinnern.

Am 11. November, dem Martinstag, ist schließlich der *San Martino* erhältlich, ein großer Keks in Form des Hl. Martin zu Pferde, verziert mit Zuckerguss, Bonbons, Schokolade und anderen süßen Gaumenfreuden. Die Kinder lieben sie und ziehen oft auf Kochtöpfe trommelnd durch die Straßen, um sie einzufordern, ähnlich dem vielerorts üblichen Brauch zu Halloween.

ROSA SALVA
CAMPO SANTI GIOVANNI E PAOLO, 6779
30122 VENEZIA

TÄGLICH: 8–20 Uhr

+39 041 522 7949
rosasalva.it

DAL NONO COLUSSI
CALLE LUNGA DE SAN BARNABA, 2867/A
30123 VENEZIA

MI–SO: 9–13 Uhr – 15:30–17 Uhr
MO/DI: geschlossen

+39 041 523 1871
dalnonocolussi.com

#16

DAS BESTE SANDWICH VON VENEDIG

Das Ai Nomboli erweckt auf den ersten Blick nicht unbedingt den Eindruck eines Lokals, in dem man unbedingt gewesen sein muss: eine mehr oder weniger anonyme Bar mit kleiner Terrasse in einer Seitenstraße des Campo San Polo.

Und doch, wer wenig Zeit oder schlicht keine Lust mehr hat, für ein fades Mittagessen ein Vermögen zu bezahlen, findet im Ai Nomboli die besten Sandwiches der Stadt.

Auswahl und Qualität der Zutaten sind fantastisch, und nicht wenige kommen hier in den Genuss des besten *panino* ihres Lebens.

AI NOMBOLI
RIO TERÀ DEI NOMBOLI 2717/C
30125 VENEZIA

MO-FR: 7-21 Uhr SA: 7-15 Uhr SO: geschlossen	+39 041 523 0995

PANINI
El barba
Alberto II
Magiaro
Bassan
Roberta

Antiche
Carampane
Locale Storico
ai sensi Legge Regionale 24 Dicembre 2004 n. 37
D.G.R. n. 3244 del 25-10-2005 VE09

#17

EINE TRATTORIA, **IN DER MAN DIE ZEIT VERGISST**

An der Antiche Carampane, einer gut im Gassenlabyrinth des Stadtteils San Polo versteckten Trattoria, kommt man nicht zufällig vorbei.

Zu Zeiten der Serenissima, der Republik Venedig, tummelten sich hier die Prostituierten der Stadt, vor allem ab dem 14. Jahrhundert. Hinter dem auf diesen Umstand zurückgehenden Namen Carampane („alte Huren") verbirgt sich eines der besten Restaurants Venedigs.

Im familiären Ambiente werden exzellente Gerichte mit Schwerpunkt Fisch und Meeresfrüchte serviert. Im Sommer sollten Sie sich nicht die „Crudo di Pesce" – eine Auswahl rohen Fischs – oder die Spaghetti alla Bottarga entgehen lassen.

ANTICHE CARAMPANE
RIO TERÀ DE LE CARAMPANE 1911
30125 VENEZIA

DI–SA: mittags und abends	+39 041 524 0165	antichecarampane.com

- FRANCESCO AGOPYAN -

RESTAURANT ANTICHE CARAMPANE

Francesco, wann hast du dein Restaurant eröffnet?

Das Antiche Carampane gibt es seit 1983: die Brüder meiner Mutter (Nani und Guido) entdeckten diese alte Trattoria in einer eher alternativen Studentengegend. Anfangs öffneten sie nur mittags für die Bauarbeiter, die in der Nähe arbeiteten. Nach und nach kamen dann auch abends die Leute aus Venedig.

Mein Onkel Nani – als Sohn eines Fischgroßhändlers vom Rialto ein großer Kenner der venezianischen Küche und Geschichte – trug von Beginn an innovative und gewagte Gerichte auf. Er war der Erste, bei dem roher Fisch und Fisch und Venusmuscheln mit Parmesan auf der Karte standen. Er griff alte Rezepte wieder auf wie „Spaghetti in Cassopipa" (die wir heute nach

35 Jahren noch immer mit großem Erfolg anbieten), kurz eine vielfältige Küche. Nach wenigen Jahren unterstützte ihn erst meine Mutter, seit 2004 dann ich.

Wo kaufst du deinen Fisch?

Das Antiche Carampane ist seit jeher dem Rialto-Markt eng verbunden. Zum einen aufgrund der Nähe, zum anderen, weil mein Großvater dort selbst einen Fischstand hatte und ich von klein auf immer von Fisch und dem Markt als strategischem Ort für die Stadt sprechen hörte. Mein Großvater pflegte zu sagen: wenn der Rialto-Markt schließt, ist Venedig eine tote Stadt.

Bis heute gehe ich jeden Morgen zum Rialto und wähle an drei, vier Ständen persönlich Fisch und Gemüse aus und über die Jahre sind zu den Verkäufern Freundschaft und Wertschätzung entstanden. Unser Restaurant hat sonntags und montags geschlossen, wenn der Markt geschlossen hat, denn beim Fisch gehe ich keine Kompromisse ein. Wir bieten eine regionale Küche an, die auf saisonalen Produkten des Landes und der Gewässer beruht, welche die Lagune zu bieten hat.

> ***„Wenn der Rialto-Markt schließt, ist Venedig eine tote Stadt"***

Wie kommt es, dass du einen armenischen Nachnamen trägst?

Unsere Familie (mein Nachname lautet Agopyan) hat armenische Wurzeln. Mein Großvater floh während des Genozids (1915) mithilfe der Mechitaristen aus Istanbul und gelangte über Izmir nach Venedig in das armenische Kolleg Raphael Moorat, wo er zur Schule ging. Später war er als Unternehmer tätig.

Venedig unterhielt seit seiner Gründung Kontakte zum armenischen Volk, und die armenische Gemeinschaft wuchs über die Jahrhunderte. Im Jahr 1715 ließ sich Padre Mechitar auf der Isola di San Lazzaro nieder und gründete dort ein Kloster, wodurch die Insel später den Beinamen „degli Armeni" erhielt. Im Laufe der Jahre spürte ich ein immer stärkeres Band zum armenischen Volk und diesem wunderbaren Land, das ich im April 2019 schließlich besuchte.

#18

DIE KUNST DER **VENEZIANISCHEN SAMTPANTOFFELN**

Bei den um 1800 erfundenen Furlane handelt es sich um Schuhe aus recycelten Materialien: verwendet wurden alte Tücher und Seilreste, später setzte sich Gummi für die Sohlen durch, der vornehmlich von alten (Fahrrad)Reifen stammte. Bald entdeckten die Gondolieri die Schuhe für sich, da ihre Sohlen die Gondeln nicht zerkratzten, zugleich aber weich und rutschfest waren.

Das Geschäft Piedàterre nahe der Rialto-Brücke hält für seine Kunden ein buntes und vielseitiges Angebot dieser traditionell aus Samt und Leinen gefertigten Slipper bereit.

Perfekt für zu Hause oder, wenn man denn möchte, auch für unterwegs.

PIEDÀTERRE
RUGA DEGLI ORESI 60
30125 VENEZIA

TÄGLICH: 10–19 Uhr

piedaterre-venice.com

#19

EINKAUFEN AUF DEM **SCHÖNSTEN MARKT DER WELT**

Wenn Sie in Venedig leben, wissen Sie es bereits. Wenn Sie sich aber nur für ein paar Tage in einem Hotel oder einem Apartment eingemietet haben, müssen Sie – ja, müssen Sie – unbedingt einmal auf dem Rialto-Markt einkaufen gehen.

Erstens, weil dieser Markt ganz einfach der schönste Markt der Welt ist: Fisch, Obst oder Gemüse (von bester Qualität) am Ufer des Canal Grande einzukaufen, nur zwei Schritte von der Rialto-Brücke entfernt, ist ein seltenes Vergnügen. Und im Anschluss auf ein Glas Weißwein oder einen Spritz in eine der umliegenden Bars (wie das sehr nette Naranzaria).

Und zweitens, weil der Markt durch den immer stärker werdenden Druck der Immobilien- und Tourismusbranche bedroht ist.

Wie sagte schon der Großvater von Francesco Agopyan aus dem Restaurant Antiche Carampane: „Wenn der Rialto-Markt schließt, ist Venedig eine tote Stadt."

CAMPIELLO DE LA PESCARIA
30122 VENEZIA

DI–SA: 7:30–12 Uhr
SO/MO: geschlossen

RIALTO NO
SE TOCA
PISELLI €3,90
CARCIOFI €6
RADICCHIO
3,99
PISELLI

#20

DAS KURIOSITÄTENKABINETT **DER GROSSEN VENEZIANISCHEN ENTDECKER**

Das bemerkenswerte naturhistorische Museum von Venedig beherbergt ein wunderbares Kuriositätenkabinett, das eine bunt zusammengewürfelte Mischung an wertvollen, seltenen, bizarren und sogar grotesken Exponaten bietet. So begegnet man hier einem Albino-Bambi inmitten einer Szenerie aus Muscheln und Schmetterlingen oder einem seltsamen zweiköpfigen Wesen neben einer Monsterkrabbe.

In den Nebenräumen können die außergewöhnlichen Tiersammlungen dreier venezianischer Entdecker – Giovanni Miani und Giuseppe Reali sowie des erst vor wenigen Jahren verstorbenen Giancarlo Ligabue, Namensgeber des Museums – bewundert werden.

Die Kinder lieben es.

MUSEO DI STORIA NATURALE DI VENEZIA GIANCARLO LIGABUE
SALIZADA DEL FONTEGO DEI TURCHI 1730
30135 VENEZIA

DI–FR: 9–17 Uhr SA/SO: 10:30–17 Uhr MO: geschlossen	+39 041 270 0303	msn.visitmuve.it

GORILLA

#21

DER TEMPEL
DES *BACCALÀ*

Im Jahr 1432 erleidet der große venezianische Seefahrer Pietro Querini nahe der Insel Sandoy in Norwegen Schiffbruch. Dort entdeckt er den Stockfisch und bringt diesen mit nach Venedig, wo er zu einer Spezialität wird. Heute, sechshundert Jahre später, hat jedes Lokal und jedes Restaurant sein eigenes, streng geheimes Familienrezept.

In dem winzigen Lokal Baccalà Veneto (*baccalà* bedeutet Kabeljau auf Venezianisch) mit nur einem Tisch und vier Hockern geht das Grundrezept für baccalà auf den *nonno* Ettore zurück, den Großvater der heutigen Inhaber.

Darauf basierend werden hier 60 Arten von Stockfisch to go oder zum genüsslichen Verspeisen vor Ort angeboten: *Mantecato*, *Umido*, *alla Vicentina*, ohne Knoblauch, glutenfrei oder laktosefrei.

Edoardo und Paolo bereiten auch Panini zu, die sie nach eingehender Beratung durch Edoardo mit dem *baccalà* Ihrer Wahl füllen, zum Beispiel dem *baccalà* mit Radicchio aus Treviso oder mit Tomate.

Ebenfalls schön: Stockfisch in kleinen Zinndosen, welche die Namen der Stadtteile Venedigs tragen. Ideal als Souvenir oder Mitbringsel.

BACCALÀ VENETO
SESTIERE SAN POLO 414
30125 VENEZIA

TÄGLICH: 9:30–20 Uhr im Sommer
10:30–19 Uhr im Winter

+39 041 476 3571

baccalaveneto.com

BACCALÀ
VENETO
BACCALÀ
BACCALÀ
VENETO

BACCALÀ
VENETO

ALTA
ACQUA
Libreria

#22

EINE BUCHHANDLUNG MIT **SCHWIMMENDEN REGALEN**

Die nahe dem Markusdom gelegene Libreria Acqua Alta wird regelmäßig durch Hochwasser (acqua alta) in Mitleidenschaft gezogen und hat daher für ihre literarischen Schätze besondere Vorkehrungen getroffen. Die Bücher werden in eher ungewöhnlichen Auslagen präsentiert: Badewannen, Kanus und sogar eine Gondel werden hier zu schwimmenden Regalen für alte und neue Bücher.

Trotz des Durcheinanders, das hier auf den ersten Blick herrscht, weiß Inhaber Luigi Frizzo genau, wo jedes Buch zu finden ist. Mit großer Leidenschaft führt er seine Kunden durch das Labyrinth seines Geschäfts, das mit einigen verlegerischen Perlen wie dem *Kleinen Prinzen* in venezianischem Dialekt aufwarten kann.

Vom oberen Ende der Büchertreppe aus hat man einen herrlichen Blick über die Lagune von Venedig.

LIBRERIA ACQUA ALTA
CALLE LUNGA SANTA MARIA FORMOSA 5176B
30122 VENEZIA

TÄGLICH: 9:15–19:45 Uhr | +39 041 296 0841 | libreriaacquaaltavenezia.myadj.it

Acqua alta

#23

DIE GESCHICHTE
DER SAMMLUNG GRIMANI

Der *Tribuna* genannte Saal in dem prachtvollen Palazzo Grimani a Santa Maria Formosa (auch bezeichnet als *Antiquarium*), war ursprünglich für die Sammlung griechisch-römischer Skulpturen der Familie Grimani vorgesehen gewesen. Nach dem Tode des Patriarchen Giovanni Grimani im Jahr 1587 gingen die Kunstwerke in das Eigentum der Republik Venedig über, die sie zunächst in der Biblioteca Marciana, später im Dogenpalast in Sicherheit brachte. So kam es, dass die Sammlung mehr als vierhundert Jahre lang an einem anderen Ort gelagert wurde, bevor sie dank dem Einsatz der Stiftung „Venetian Heritage" wieder an ihren ursprünglichen Standort zurückgebracht werden konnte. Das Ergebnis ist mehr als sehenswert.

PALAZZO GRIMANI
RUGA GIUFFA 4858
30122 VENEZIA

DI-SO: 10-19 Uhr MO: geschlossen	+39 041 241 1507	polomusealeveneto.beniculturali.it/musei/ museo-di-palazzo-grimani

#24

EIN SPAZIERGANG **ÜBER DAS WASSER**

Am Vaporetto-Halt Celestia im Norden Venedigs liegt der Ausgangspunkt eines der originellsten und poetischsten Spaziergänge der Stadt. Über einen an den Außenmauern des Arsenal befestigten Metallsteg gelangt man in 5 bis 10 Minuten über dem Wasser schwebend an den Vaporetto-Halt Bacini.

An diesem Ort ist man weit, sehr weit weg von ausgetretenen Pfaden und Touristenmassen. Der Blick auf die Friedhofsinsel San Michele und Murano ist einfach fantastisch.

Am Ende des kurzen Spaziergangs bieten sich zwei Möglichkeiten: entweder Sie gehen über den Steg wieder zurück oder Sie setzen Ihren Weg mit dem Vaporetto fort: am Ende der Insel liegt ein gesperrtes Militärgelände.

HÄNGENDER STEG AN DEN NÖRDLICHEN MAUERN DES ARSENAL

Vaporetto-Haltestellen Celestia und Bacini

#25

TANZSCHUHE AUF DEM GRAB DES GROSSEN DJAGILEW

Die Insel San Michele, gegenüber den Fondamente Nove, beherbergt einen der schönsten Friedhöfe der Welt. Große Namen wie Igor Strawinsky, Emilio Vedova oder Ezra Pound haben in dieser Oase der Stille ihre letzte Ruhestätte gefunden.

In der orthodoxen Abteilung hat sich eine schöne Tradition eingebürgert: Tänzerinnen und Tänzer aus aller Welt kommen jedes Jahr an das Grab von Sergei Pawlowitsch Djagilew, Gründer und Leiter der berühmten Ballets Russes, um hier zu seinen Ehren ihre Ballettschuhe abzulegen.

ISOLA DI SAN MICHELE
30141 VENEZIA

TÄGLICH: 08:15–16 Uhr

+39 041 729 2811

SERGE DE DIAGHILEW

#26

EIN APERITIF
AUF DEM LANDE

Die Isola di Sant'Erasmo ist mit fruchtbarer Erde gesegnet und beliefert Venedig seit jeher mit verschiedenstem Gemüse, darunter die berühmten violetten Artischocken.

Hier, am Ufer eines Kanals mit herrlicher Aussicht über die gesamte nördliche Lagune, legte Michel Thoulouze in den 2000er Jahren seinen Weinberg an. Der weiße Qualitätswein aus dieser Lage ist der einzige Wein, der auf dem Stadtgebiet von Venedig gekeltert wird.

Nach vorheriger Reservierung besteht die Möglichkeit, diesen wunderbaren Ort in kleinen Gruppen im Rahmen von Verkostungen zu besuchen. Ein einzigartiges Erlebnis.

ORTO DI VENEZIA
VIA DELLE MOTTE 1
30141 VENEZIA

Besichtigung und Verkostung (Reservierung online): DO–DI: 10–12:30 / 14:30–18 Uhr MI: geschlossen	ortodivenezia.com	15 €/Person (Mindestteilnehmerzahl: 10 Personen) Anfahrt: Vaporetto Capannone

#27

EIN SPIRITUELLER RETREAT VOLLER MAGIE AUF EINER INSEL IN DER LAGUNE

Die Klosterinsel San Francesco del Deserto ist ein außergewöhnlicher Ort, wahrscheinlich einer der schönsten der ganzen Lagune von Venedig. Um eine genauere Vorstellung von der Insel und dem Leben der Mönche zu bekommen, empfiehlt sich eine mehrtägige Einkehr.

Nach telefonischer Reservierung (auf Italienisch) werden Sie in Burano von einem Mönch mit dem Boot abgeholt: öffentliche Transportmittel zur Insel gibt es nicht.

Im Rhythmus von täglich sieben Gottesdiensten tauchen Sie in das Klosterleben ein. Dazwische vertreiben Sie sich die Zeit auf Spaziergängen oder bei der Meditation im herrlichen Klostergarten in Gegenwart Hunderter von Zypressen, die, in Reih und Glied stehend, Schatten spendende Alleen von atemberaubender Schönheit bilden.

Im Jahr 1220 oder 1224 soll sich der Heilige Franz von Assisi auf der Insel aufgehalten haben.

ISOLA DI SAN FRANCESCO DEL DESERTO
30142 BURANO
VENEZIA

Aufenthalte von Freitag bis Sonntag oder von Dienstag bis Donnerstag

Reservierung für spirituelle Retreats (auf Italienisch) unter +39 041 528 6863
sfdeserto@libero.it

sanfrancescodeldeserto.it

EINIGE WICHTIGE PRAKTISCHE HINWEISE:

Ein Besuch in den Monaten Juni bis September empfiehlt sich nicht: in dieser Zeit ist nicht nur die Hitze, sondern auch die vielen Mücken sind nahe an der Grenze des Erträglichen.

In der franziskanischen Ordensregel gibt es im Gegensatz zu beispielsweise Benediktinerklöstern kein Schweigegebot. Bei Tisch, mit den Mönchen oder in den Gärten darf gesprochen werden. Wer auf der Suche nach Ruhe ist, sollte das Kloster besser im Winter (wenn die geheimnisvolle und magische Stimmung des Ortes durch den tief über der Lagune hängenden Nebel noch verstärkt wird) oder unter der Woche besuchen. Frauen sind ebenso willkommen wie Paare, die allerdings in getrennten Zimmern untergebracht werden. Während der Einkehr findet täglich eine Bibelstunde (oder, je nach Andrang, ein Gespräch mit einem Mönch) in italienischer Sprache statt.

- JANE DA MOSTO -

PRÄSIDENTIN UND MITBEGRÜNDERIN VON „WE ARE HERE VENICE"

NON-PROFIT-ORGANISATION ZUM SCHUTZ VON VENEDIG UND SEINER LAGUNE

Jane, du lebst seit über 20 Jahren in Venedig. Hat sich die Lagune seitdem verändert?

Ja. Es gab 20 Jahre lang keine politischen Maßnahmen zu ihrem Schutz und heute ist sie empfindlicher denn je. Zwar wurde nach dem großen Hochwasser von 1966 das erste Sondergesetz im Jahr 1973 verabschiedet. Leider wurde in der Folge jedoch nichts getan, um die Erosion zu stoppen. Schuld daran sind die vielen Kreuzfahrtschiffe und die großen Kanäle, die für die Durchfahrt dieser Schiffe gegraben wurden. Und die *barene** reichen nicht mehr aus, um die Sedimente zurückzuhalten, die durch diese Schiffe aufgewirbelt werden. Die Verwirbelungen kleinerer Schiffe werden durch die natürlichen Prozesse der *barene* ausgeglichen, bei den Kreuzfahrtgiganten ist das jedoch nicht der Fall. Sie bewegen bei jeder Durchfahrt große Wassermassen und schwächen so die Grundfesten der Stadt.

Außerdem verschmutzen sie die Umgebungsluft stark. Auch die Unfallgefahr ist hoch: 2019 sind wir einige Male knapp an schweren Havarien vorbeigeschrammt.

Was macht die Lagune von Venedig so einzigartig?

Der Mensch lebt seit über 1000 Jahren in der Lagune von Venedig und hat diese Stück für Stück nach seinen Bedürfnissen geformt. Vor rund 500 Jahren war die Lagune, aufgrund der Flusssedimente, die sich in ihr sammelten, im Begriff zu verschwinden. Wir verdanken es einem Mann namens Cristoforo Sabbadino, dass die Lagune durch Umleitung der Flussläufe nach Norden und Süden gerettet wurde.

Warum ist das *acqua alta* problematisch?

Das *acqua alta* gab es schon immer. Doch die Auswirkungen des Windes wurden in letzter Zeit durch die Klimaerwärmung und den Anstieg des Meeresspiegels verstärkt.

Was können Touristen tun, um Venedig zu helfen?

Länger als eine Nacht bleiben und Airbnb-Unterkünfte meiden, bei denen die Abwicklung praktisch ohne menschlichen Kontakt abläuft. Solche Unterkünfte erringern die Anzahl der für die Einwohner verfügbaren Wohnungen und sind mitverantwortlich für steigende Immobilienpreise, die die Menschen aus der Stadt treiben.

Was ist dein Lieblingsort in Venedig?

Da gibt es viele, aber ein Spaziergang von der Passerella alla Celestia zu den Bacini im Norden der Stadt ist, besonders schön. Der Weg führt entlang der nördlichen Mauern des Arsenals und bietet einen herrlichen Blick über die Lagune. Am Ende befindet sich ein kleiner Garten, in dem man wunderbar entspannen kann.
Ebenso schön ist ein Spaziergang bei Sonnenuntergang auf der Isola del Lazzaretto Nuovo (ehemaliger Quarantäneort) und der Isola Sant'Erasmo, mit ihren Artischockenplantagen.

Dein Lieblingsrestaurant?

Ich empfehle gerne, auf dem Rialto-Markt einzukaufen und sich die Zeit zu nehmen, mit den Verkäufern zu sprechen. Sie haben für jede Frucht und jedes Gemüse, das sie verkaufen, eine Geschichte parat. Ganz zu schweigen von der großen Vielfalt an Fisch in der Fischhalle.

Ein Souvenir für Zuhause?

Ein „Laguna"-Kissen aus der Kollektion meiner Freundin Stella Cattana. Sie verkauft sie in ihrem Geschäft in San Samuele (Salizada San Samuele). Ein Teil der Erlöse geht an unsere Vereinigung.

Wie überlebst du die Touristeninvasion?

Ich fahre mit dem Boot raus zu den Inseln, zum Beispiel Mazzorbo und Pellestrina, dorthin, wo man keine Touristen trifft.

* *barena:* typische Form der Salzmarschen in der Lagune von Venedig. Morastige Gebiete, die regelmäßig von Hochwasser überschwemmt werden und die Auswirkungen der durch den Schiffsverkehr verursachten Wellenbewegungen abschwächen. „We are Here Venice" bietet eine Karte der *barene*.

#28

CHILLEN AUF EINER INSEL IN DER NÖRDLICHEN LAGUNE

Wer Venedig und die Lagune lieber abseits der Touristenmassen genießen möchte, dem legen wir ein ganz besonderes Fleckchen Erde ans Herz. Eine halbe Bootsstunde vom Stadtzentrum Venedigs entfernt, nahe Burano und Torcello, liegt die Isola Santa Cristina. Auf dieser wunderschönen, in Privatbesitz befindlichen Insel kann man so richtig die Seele baumeln lassen.

Umgeben von ökologisch kultivierten Gemüsegärten, Weinbergen, einer Bio-Fischfarm und einer Pfauenfamilie, deren Mitglieder gleichmütig durch die Gärten stolzieren, findet man hier Ruhe und Frieden. Die hübsche Villa bietet 9 Zimmer für bis zu 16 Personen.

Ebenfalls im Angebot: Yoga-Retreats oder Ausflüge im gecharterten Boot mit Skipper.

ISOLA PRIVATA SANTA CRISTINA

+43 664 822 5080
info@veniceprivateisland.

veniceprivateisland.com

LOCANDA CIPRIANI Inn · Bar

#29

MITTAGESSEN **IM PARADIESGARTEN**

In der wunderschönen Locanda Cipriani schrieb Ernest Hemingway, der hier einst einige Monate verbrachte, seinen Roman *Über den Fluss und in die Wälder*. Man nächtigt ganz wunderbar in diesen einfachen Zimmern von perfektem altmodischem Charme.

Der herrliche Garten mit seiner Schatten spendenden Laube bildet den idealen Rahmen für ein Mittagessen wie ein Sonntag auf dem Land. Abgerundet wird das Erlebnis mit Grappa, Limoncello und Espresso, bevor es weitergeht zur Besichtigung der nahe gelegenen, im Jahr 639 gestifteten Kathedrale Santa Maria Assunta.

LOCANDA CIPRIANI
PIAZZA SANTA FOSCA 29
30142 TORCELLO

MI-MO: 12-15 Uhr und 19-21 Uhr
DI: geschlossen
Im Januar geschlossen

+39 041 730 150

locandacipriani.com

#30

DIE BESTEN **WEICHPANZERKRABBEN DER STADT**

Die *moeca* ist eine der bedeutendsten Spezialitäten der venezianischen Küche. Zweimal im Jahr (zwischen Ende Januar und Mai sowie zwischen Ende September und Ende November) fahren die Lagunenfischer von Burano und Chioggia hinaus auf der Suche nach Krabben im letzten Entwicklungsstadium vor der Häutung. Zu diesem Zeitpunkt ist nämlich der Panzer am weichsten.

Frisch aus den Netzen heraus verkauft, werden die Krabben eine Nacht lang in einer Panade aus verquirlten Eiern mariniert und anschließend gebraten. Gegessen werden sie im Ganzen, inklusive (weichem) Panzer. Ein unvergessliches Erlebnis!

Der Panzer der Krabbe beginnt sich etwa um den vierten Tag nach der Häutung neu zu bilden. Um die Spezialität frisch (also nicht tiefgekühlt) genießen zu können, muss man sie deshalb innerhalb von drei Tagen nach dem Abstoßen des alten Panzers verspeisen. Essen Sie dieses Gericht daher nur in Restaurants Ihres Vertrauens, wie zum Beispiel bei Da Romano (Burano), bei „Lele" (Murano – nur mittags) und in Venedig in der Trattoria alla Madonna, gleich neben dem Rialto-Markt.

TRATTORIA DA ROMANO **VIA SAN MARTINO DX 221** **30012 BURANO**	**TRATTORIA BUSA ALLA TORRE "DA LELE"** **CAMPO SANTO STEFANO 3** **30141 MURANO**	**ALLA MADONNA** **CALLE DELLA MADONNA 569** **30125 VENEZIA**
MO: 12-15 Uhr / 18:30-20:30 Uhr MI-SA: 12-15 Uhr / 18:30-20:30 Uhr SO: 12-15 Uhr DI: geschlossen +39 041 730 030 / daromano.it	TÄGLICH: 11:30-15:30 Uhr +39 041 739 662	DO-DI: 12-15 Uhr /18:45-22:15 Uhr MI: geschlossen +39 041 522 3824 ristoranteallamadonna.com

Die 31. Adresse wird in der „Soul Of“-Reihe nicht verraten. Sie ist einfach zu vertraulich. Finden Sie selbst heraus, wohin es geht.

#31

EINE GUT VERSTECKTE GALERIE, ZUM ENTDECKEN UND STAUNEN

Auf Sand gehen mitten in Venedig, unter den Überresten des alten Teatro Sant' Apollinare.

Kein Schild, keine Tafel verweisen darauf, dass sich hier eine unbeschreiblich charmante Kunstgalerie befindet, deren Wassereingang an einem hübschen Kanal liegt.

Hier zeigt die Kunsthistorikerin Beatrice Burati Werke der Crème de la Crème von Künstlern, die Venedig auf die eine oder andere Weise verbunden sind, wie Tristano di Robiland oder Andrew Huston.

Doch wir wollen mal nicht so sein. Hier ein kleiner Hinweis für alle, die diesem gut verborgenen Geheimtipp einen Besuch abstatten möchten: gleich neben dem Eingang eines sehr luxuriösen, vor wenigen Jahren in einem der schönsten Privatpalais Venedigs eröffneten Hotels unweit des Campo San Polo finden Sie eine venezianische Tür, die in einen begrünten Innenhof führt ...

ICH DANKE

GIOVANNI GIOL, meinem Mann, der mir vor über 20 Jahren zum ersten Mal das Venedig der Venezianer gezeigt hat.

AMBRA, LEONARDO, AMERIGO und GREGORIO, meinen Kindern, dass sie alle *cicheti* und *tramezzini* in diesem Buch für mich getestet haben.

FRANCESCA LANARO, GABI WAGNER und ALESSANDRO BELJOIOSO für ihre wunderbaren Fotografien, ohne die dieses Buch nicht möglich gewesen wäre.

CATHERINE BUYSE DIAN, JANE DA MOSTO, GIBERTO ARRIVABENE und PAOLO LORENZONI für ihre Zeit und dafür, dass sie alle ihre ganz persönliche Sicht auf ihre Stadt mit mir geteilt haben.

ARRIGO CIPRIANI, FRANCESCO AGOPYAN und LELE für ihren unermüdlichen Einsatz für den Erhalt der kulinarischen Traditionen Venedigs.

GIORDANA NACCARI, ALESSANDRA und ALESSANDRO ZOPPI dafür, dass sie mich an ihrem umfangreichen Wissen über die Glaskunst im Wandel der Jahrhunderte teilhaben ließen.

KAROLE VAIL, ANDREW HUSTON und BEATRICE ANDERSON für den künstlerischen Puls, den sie in Venedig weiter schlagen lassen.

FANY PÉCHIODAT für ihre Ideen, ihre Anregungen und ihre Begeisterungsfähigkeit.

Allen VenezianerInnen, die sich regelmäßig gegen acqua alta und Touristenströme zur Wehr setzen und dafür sorgen, dass Venedig noch immer so schön ist.
Und natürlich Danke, Venedig!

An diesem Buch haben mitgewirkt:
Servane Giol, Autorin
Thomas Jonglez, Koautor
Francesca Lanaro, Fotografin
Clara Mari, Illustratorin
Emmanuelle Willard Toulemonde, Layout
Tanja Felder, Übersetzung
Lea Intelmann, Lektorat
Thomas Jonglez, Publishing

Schreiben Sie uns an contact@soul-of-cities.com
Folgen Sie uns auf Instagram unter @soul_of_guides

DANKE

Pflichtexemplar: November 2021 – 1c. Auflage
ISBN: 978-2-36195-334-8
Gedruckt in der Slowakei bei Polygraf